农业文化遗产是中国农耕文化的活化石，希望小朋友们通过这套书更好地认识中国农耕文化的传统智慧

李文华

农业农村部全球／中国重要农业文化遗产专家委员会主任委员
中国科学院地理科学与资源研究所研究员
中国工程院院士

图书在版编目(CIP)数据

小田鱼的好朋友 / 焦雯珺著；张娜绘. —北京：中
国农业出版社, 2018.10
（全球重要农业文化遗产故事绘本）
ISBN 978-7-109-24666-9

Ⅰ.①小… Ⅱ.①焦… ②张… Ⅲ.①儿童故事 – 图
画故事 – 中国 – 当代 Ⅳ.①I287.8

中国版本图书馆CIP数据核字(2018)第221948号

致 谢

本书在出版过程中得到了农业农村部国际交流服务中心和浙江省青田县农
业局的热心帮助，得到了青田县农作物管理站站长吴敏芳、童书编辑王然
和绘本推广人孙慧阳的悉心指导，在此表示诚挚的感谢。

小田鱼的好朋友
XIAOTIANYU DE HAO PENGYOU

焦雯珺 著　张 娜 绘

顾问：李文华 闵庆文
策划：中国科学院地理科学与资源研究所自然与文化遗产研究中心
支持：农业农村部国际合作司
　　　中国农学会农业文化遗产分会
　　　中国生态学学会科普工作委员会

中国农业出版社出版

（北京市朝阳区麦子店街18号楼）
（邮政编码100125）
责任编辑：刘晓婧 吴洪钟 章 颖 孙 铮
版式设计：黄金鹿

北京中科印刷有限公司印刷 新华书店北京发行所发行
2018年11月第1版　2018年11月北京第1次印刷
开本：889mm×1194 mm　1/16　印张：2.25
字数：10千字
定价：38.00元

（凡本版图书出现印刷、装订错误，请向出版社图书营销部调换）

全球重要农业文化遗产故事绘本

北京市科学技术协会科普创作出版资金资助

小田鱼的好朋友

焦雯珺 著　张　娜 绘

中国农业出版社

北京

有些鱼生活在蔚蓝的大海里，
海龟是他们的好朋友。

有些鱼生活在清澈的小河里，
蜻蜓是他们的好朋友。

有些鱼生活在静谧的池塘里，
小蝌蚪是他们的好朋友。

有些鱼生活在忙碌的稻田里，
谁是他们的好朋友呢？

快看！
游来了一条生活在稻田里的鱼。
他的名字叫小田鱼。

春天到了，
他和兄弟姐妹们一起来到
这灌满水的梯田里。

梯田里插满了绿色的水稻秧苗。
小田鱼游了过去，
想跟水稻做朋友。

可是，水稻却瞧不起小田鱼，
傲慢地拒绝了他。
小田鱼伤心地游走了。

一天，
小田鱼正在稻田里独自玩耍，
忽然听到远处传来水稻凄惨的叫声。

他循着声音游了过去。
原来，来了几只害虫，
正在啃咬水稻的叶片。

"这可怎么办呢？"

小田鱼开动脑筋，
想到一个好办法。
他使出全身的力气，
连续撞击水稻的腰部。

害虫们被撞得头晕目眩，
全都掉进水里了。
小田鱼一口一只，
美美地饱餐了一顿。

水稻对小田鱼刮目相看，
决定跟他做朋友。
小田鱼高兴地摆起了尾巴。

忽然，小田鱼感到肚子一阵疼，
很想便便。
他没有忍住，
拉了一条长长的便便。

小田鱼羞得脸红通通的。
可是，水稻却很高兴。
原来，便便会让土壤更加肥沃。
小田鱼不好意思地笑了。

小田鱼每天都会来看望水稻，
还会帮忙把水稻身边的杂草吃掉。

忙累了，他就把肚皮贴在地面上。
搅起来的泥土粘在水稻身上，
痒得水稻咯咯直笑。

他们最喜欢一起玩泡泡游戏。
小田鱼在水里游动产生许多泡泡，
水稻则大口大口地把这些泡泡统统吃掉。

"卟噜，卟噜，卟噜……"

一天，小田鱼又来看望水稻。
忽然，天空中闪过一道黑影。

是一只白鹭！
水稻看到后，
冲小田鱼大喊：
"快游进来！"

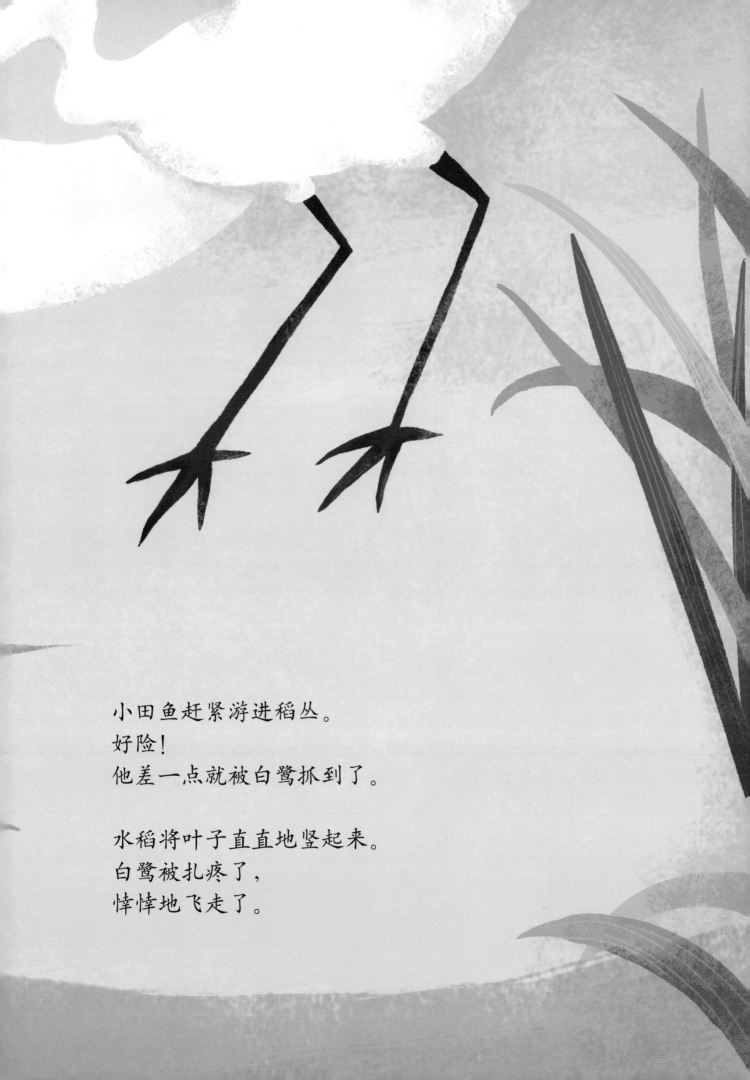

小田鱼赶紧游进稻丛。
好险！
他差一点就被白鹭抓到了。

水稻将叶子直直地竖起来。
白鹭被扎疼了，
悻悻地飞走了。

夏天到了，
火辣辣的太阳挂在空中。
小田鱼被晒得头昏脑涨。

幸好，有水稻给他遮阳。
稻丛里不仅十分凉爽，
还飘着浓浓的稻花香味。

一阵风吹过，
稻花在空中转了个圈儿，
徐徐地落在水面上。
稻花香甜可口，
小田鱼吃得肚皮鼓鼓的。

"嗝儿——"

秋天到了，
水稻结出金灿灿的稻谷，
沉甸甸地垂了下来。
小田鱼也长大了，
变成了胖鼓鼓的大田鱼。

现在，你知道谁是生活在稻田里的鱼的好朋友了吗？

浙江青田稻鱼共生系统

青田县位于浙江省中南部，瓯江流域的中下游，1300多年以来当地农民一直保持着传统的农业生产方式——稻田养鱼。由于悠久的历史传统和持续至今的实践，2005年浙江青田稻鱼共生系统被联合国粮食及农业组织认定为全球重要农业文化遗产（GIAHS），是中国第一个全球重要农业文化遗产，2013年被农业部（现农业农村部）列为首批中国重要农业文化遗产（China-NIAHS）。

稻田为田鱼的生长、发育、觅食、栖息提供了良好的生态环境。水稻为田鱼遮阴，稻花以及稻田内丰富的水生生物均是田鱼的饵料。

千余年的发展形成了青田独具特色的稻鱼文化，体现在民俗、节庆、饮食等多个方面。青田田鱼干是闻名中外的青田地道土特产，青田鱼灯舞是青田最具地方特色的传统民间舞蹈。

小朋友们，想知道更多关于小田鱼的故事吗？让我们一起来读一读吧！

稻鱼共生系统是中国传统生态农业的典型范例。系统充分利用了水稻与田鱼之间的互生互惠关系，既能使水稻丰产，又能收获田鱼，极大地提高了农民的经济收益，还能减少化肥农药使用，有效地保护了农田生态环境。

田鱼吃食杂草、觅食害虫，减少水稻病虫害的发生，其粪便还能肥田，增加土壤肥力。田鱼觅食时会搅动水体，起到松土增氧的作用，促进水稻生长。

青田田鱼属鲤科，学名瓯江彩鲤，俗称田鱼，是青田先民从稻田养鱼中选育出的地方品种，有红、青、黑、白、花等多种体色，具有食用和观赏双重价值。

1 稻鱼共生 汤洪文/摄
2 青田田鱼干 青田县农业局/提供
3 青田鱼灯舞 青田县农业局/提供
4 收获田鱼 汤洪文/摄
5 青田田鱼 青田县农业局/提供

POST CARD

金球重要农业文化遗产
Globally Important Agricultural Heritage
Systems (GIAHS)

中国重要农业文化遗产
China Nationally Important Agricultural
Heritage Systems (China-NIAHS)

浙江青田稻鱼共生系统
Qingtian Rice-fish Culture System, China